P9-CEZ-142

# Llaman a la puerta

por Pat Hutchins

traducido por Aída E. Marcuse

MULBERRY BOOKS / UN LIBRO MULBERRY EN ESPAÑOL • NEW YORK

Illustrations and English-language text copyright © 1986 by Pat Hutchins. Spanish-language translation copyright © 1994 by William Morrow & Company, Inc. All rights reserved. No part of this book may be reproduced, or utilized in any form or by any means, electronic or mechanical, including photocopying, recording or by an information storage and retrieval system, without permission in writing from the Publisher, Greenwillow Books, a division of William Morrow & Company, Inc., 10 East 53rd Street, New York, NY 10022.

Manufactured in China. First Mulberry Spanish-language Edition, 1994.

14 15 16 SCP 20 19

The full-color paintings were done in ink and watercolor.
The typeface is ITC Zapf International.

**Para Jack y Charles**

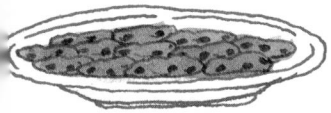

THE LIBRARY OF CONGRESS HAS CATALOGED THE MULBERRY ENGLISH-LANGUAGE EDITION AS FOLLOWS:

Hutchins, Pat (date) The doorbell rang.
Summary: Each time the doorbell rings, there are more people who have come to share Ma's wonderful cookies.
ISBN 0-688-09234-9
(1. Cookies-Fiction) I. Title. PZ7.H96165Do 1986
(E) 85-12615
Mulberry Spanish-language Edition:
ISBN 0-688-13806-3

—Hice estas galletitas para la merienda —dijo Mamá.
—¡Qué bueno! —dijeron Victoria y Santiago—.
¡Tenemos hambre!
—Hice muchas. Repártanlas entre los dos —dijo Mamá.

—Nos tocan seis a cada uno —dijeron Santiago y Victoria.
—Parecen tan deliciosas como las que hace Abuela —dijo Victoria.
—Y huelen tan bien como las de ella —dijo Santiago.

—Nadie hace las galletitas tan ricas como Abuela
—dijo Mamá. En ese momento, llamaron a la puerta.

Eran Tomás y Ana, nuestros vecinos.
—Adelante —dijo Mamá—. Llegan a tiempo para merendar.

—Hay tres galletitas para cada uno —dijeron Santiago y Victoria.

—Huelen tan bien como las que hace tu abuela —dijo Tomás.

—Y parecen igual de deliciosas —dijo Ana.

—Nadie hace las galletitas tan ricas como Abuela
—dijo Mamá.
En ese momento, llamaron a la puerta.

Eran Pedro y su hermanito.
—Adelante —dijo Mamá—. Llegan a tiempo para merendar.

—Hay dos galletitas para cada uno —dijeron Victoria y Santiago.

—Parecen tan deliciosas como las que hace tu abuela —dijo Pedro—. Y huelen igual de bien.

—Nadie hace las galletitas tan ricas como Abuela
—dijo Mamá.
En ese momento, llamaron a la puerta.

Eran Juana, Simón y sus cuatro primos.

—Adelante —dijo Mamá—.
Llegan a tiempo para merendar.

—Hay una galletita para cada uno— dijeron Santiago y Victoria.

—Huelen tan bien como las que hace tu abuela— dijo Juana.

—Y parecen igual de deliciosas— dijo Simón.

—Nadie hace las galletitas tan ricas como Abuela
—dijo Mamá.
En ese momento, llamaron a la puerta.

El timbre sonó y sonó.

—¡Vaya! —dijo Mamá.
Cada niño miró la galletita que tenía en su plato.

—Será mejor que se coman las galletitas antes de que abra la puerta.

—No, Mamá, preferimos esperar —dijo Santiago.

Era Abuela, y traía una enorme bandeja llena de galletitas.

—¡Qué bueno que puedan compartirlas
con tantos amigos! —dijo Abuela—.
¡Por suerte hice muchísimas!

—¡Y, por supuesto, nadie hace las galletitas tan ricas como Abuela! —dijo Mamá.
En ese momento, llamaron a la puerta.